21

世纪文学之星

丛书

2022—2023 年卷

诗歌集

在无梦的夜里放羊

清 越⊙著

作家出版社

作者简介：

清越，1986 年生，曾用笔名北音，在《人民文学》《钟山》《扬子江诗刊》《诗歌月刊》《青年文学》等刊发表作品若干，曾入选"21 世纪文学之星丛书"。现居南京。

目 录

第三辑 没有结局的故事

第四辑　乐园在成为乐园之前

第五辑　失重的短章

第六辑　童诗，写给从动物园站出发的孩子

总　序

袁　鹰

　　中国现代文学发轫于本世纪初叶，同我们多灾多难的民族共命运，在内忧外患，雷电风霜，刀兵血火中写下完全不同于过去的崭新篇章。现代文学继承了具有五千年文明的民族悠长丰厚的文学遗产，顺乎20世纪的历史潮流和时代需要，以全新的生命，全新的内涵和全新的文体（无论是小说、散文、诗歌、剧本以至评论）建立起全新的文学。将近一百年来，经由几代作家挥洒心血，胼手胝足，前赴后继，披荆斩棘，以艰难的实践辛勤浇灌、耕耘、开拓、奉献，文学的万里苍穹中繁星熠熠，云蒸霞蔚，名家辈出，佳作如潮，构成前所未有的世纪辉煌，并且跻身于世界文学之林。80年代以来，以改革开放为主要标志的历史新时期，推动文学又一次春潮汹涌，骏马奔腾。一大批中青年作家以自己色彩斑斓的新作，为20世纪的中国文学画廊最后增添了浓笔重彩的画卷。当此即将告别本世纪跨入新世纪之时，回首百年，不免五味杂陈，万感交集，却也从内心涌起一阵阵欣喜和自豪。我们的文学事业在历经风雨坎坷之后，终于进入呈露无限生机、无穷希望的天地，尽管它的前途未必全是铺满鲜花的康庄大道。

　　绿茵茵的新苗破土而出，带着满身朝露的新人崭露头角，自然是我们希冀而且高兴的景象。然而，我们也看到，由于种种未曾预料而且主要并非来自作者本身的因由，还有为数不少的年轻作者不一定都有顺利地脱颖而出的机缘。其中一个重要的原因，乃是为出书艰难所阻滞。出版渠道不顺，文化市场不善，使他们失去许多机遇。尽管他们发表过引人注目的作品，有的还获了奖，显示了自己的文学才能和创作潜力，却仍然无缘出第一本书。也许这是市场经济发展和体制转换期中不可避免的暂时缺陷，却也不能不对文学事业的健康发展产生一定程度的消极影响，因而也不能不使许多关怀文学的有志之士为之扼腕叹息，焦虑不安。固然，出第一本书时间的迟早，对一位青年作家的成长不会也不应该成为关键的或决定性的一步，大器晚成的现象也屡见不鲜，但是我们为什么不在力所能及的范围内尽力及早地跨过这一步呢？

于是，遂有这套"21世纪文学之星丛书"的设想和举措。

中华文学基金会有志于发展文学事业、为青年作者服务，已有多时。如今幸有热心人士赞助，得以圆了这个梦。瞻望21世纪，漫漫长途，上下求索，路还得一步一步地走。"21世纪文学之星丛书"，也许可以看作是文学上的"希望工程"。但它与教育方面的"希望工程"有所不同，它不是扶贫济困，也并非照顾"老少边穷"地区，而是着眼于为取得优异成绩的青年文学作者搭桥铺路，有助于他们顺利前行，在未来的岁月中写出更多的好作品，我们想起本世纪20年代和30年代期间，鲁迅先生先后编印《未名丛刊》和"奴隶丛书"，扶携一些青年小说家和翻译家登上文坛；巴金先生主持的《文学丛刊》，更是不间断地连续出了一百余本，其中相当一部分是当时青年作家的处女作，而他们在其后数十年中都成为文学大军中的中坚人物；茅盾、叶圣陶等先生，都曾为青年作者的出现和成长花费心血，不遗余力。前辈们关怀培育文坛新人为促进现代文学的繁荣所作出的业绩，是永远不能抹煞的。当年得到过他们雨露恩泽的后辈作家，直到鬓发苍苍，还深深铭记着难忘的隆情厚谊。六十年后，我们今天依然以他们为光辉的楷模，努力遵循他们的脚印往前走去。

开始为丛书定名的时候，我们再三斟酌过。我们明确地认识到这项文学事业的"希望工程"是属于未来世纪的。它也许还显稚嫩，却是前程无限。但是不是称之为"文学之星"，且是"21世纪文学之星"？不免有些踌躇。近些年来，明星太多太滥，影星、歌星、舞星、球星、棋星……无一不可称星。星光闪烁，五彩缤纷，变幻莫测，目不暇接。星空中自然不乏真星，任凭风翻云卷，光芒依旧；但也有为时不久，便黯然失色，一闪即逝，或许原本就不是星，硬是被捧起来、炒出来的。在人们心目中，明星渐渐跌价，以至成为嘲讽调侃的对象。我们这项严肃认真的事业是否还要挤进繁杂的星空去占一席之地？或者，这一批青年作家，他们真能成为名副其实的星吗？

当我们陆续读完一大批由各地作协及其他方面推荐的新人作品，反复阅读、酝酿、评议、争论，最后从中慎重遴选出丛书入选作品之后，忐忑的心终于为欣喜慰藉之情所取代，油然浮起轻快愉悦之感。"他们真能成为名副其实的星吗？"能的！我们可以肯定地、并不夸张地回答：这些作者，尽管有的目前还处在走向成熟的阶段，但他们完全可以接受文学之星的称号而无愧色。他们有的来自市井，有的来自乡村，有的来自边陲山野，有的自城市底层。他们的笔下，荡漾着多姿多彩、云谲波诡的现实浪潮，涌动着新时期芸芸众生的喜怒哀伤，也流淌着作者自己的心灵悸动、幻梦、烦恼和憧憬。他们都不曾出过书，但是他们的生活底蕴、文学才华和写作功力，可以媲美当年"奴隶丛书"的年轻小说家和《文学丛刊》的不少青年作者，更未必在当今某些已经出书成名甚至出了不止一本两本的作者以下。

　　是的，他们是文学之星。这一批青年作家，同当代不少杰出的青年作家一样，都可能成为 21 世纪文学的启明星，升起在世纪之初。启明星，也就是金星，黎明之前在东方天空出现时，人们称它为启明星，黄昏时候在西方天空出现时，人们称它为长庚星。两者都是好名字。世人对遥远的天体赋予美好的传说，寄托绮思遐想，但对现实中的星，却是完全可以预期洞见的。本丛书将一年一套地出下去，十年二十年三十年五十年之后，一批又一批、一代又一代作家如长江潮涌，奔流不息。其中出现赶上并且超过前人的文学巨星，不也是必然的吗？

　　岁月悠悠，银河灿灿。仰望星空，心绪难平！

1994 年初秋

序

诗意在梦境与现实的交织之处生长
——序清越诗集《在无梦的夜里放羊》

梁鸿鹰

　　诗是一种梦，人类没有梦，就不会有诗，诗不表达梦想，那将是陈腐、功利或物质的。诗中有没有字面上的"梦"或许无关紧要，但一个好的诗人必然会表达自己对幻想、空灵和未来的神往。当然，诗同样是种具有一定现实性的想象的外化，某种意识的投射，因此，诗断然不可脱离现实。因为诗往往产生于梦想与现实交织之处，是灵性与诗性撞击的结果，诗强调智性的化合，更来自观察和审思。正如清越所说，好的诗歌与独具慧眼的"观看"总是同时出现。一个诗人所"看见的"和正"看着"的自我将交织在一起，从而唤出灵性与诗性的撞击。

　　清越的首部诗集《在无梦的夜里放羊》，充满诗意与哲思，展现出她对生活、梦境、时间与存在的深刻思考，诗集中的每一首诗都像是打开了一扇窗，透过它，读者可以看到诗人内心的风景，感受到她对世界的感知。细腻的语言、丰富的意象和独特的运思，仿佛在梦境与现实的边缘徘徊，将读者带入一个个既熟悉又陌生的世界。

　　人的夜晚通常与梦境相连，而无梦的夜晚则暗示了某种清醒状态。放羊这一行为，既可以是现实的劳作，也可以是某种精神上的放逐或追寻。诗集的标题《在无梦的夜里放羊》本身就充满了隐喻与象征。诗集中有不少作品探讨了梦境与现实的边界，仿佛诗人试图在两者之间找到某个平衡点。例如，在《蓝》一诗中，诗人通过描绘胡安·米罗的画作，将现实中的艺术与梦境中的意象相结合。画中的鸟、孩子、星辰等元素，既是现实中的艺术符号，也是梦境中的象征。诗人通过这种虚实交织的手法，模糊了现实与梦境的界限，让读者在阅读时感受到一种恍惚的美感。同样，在《时间梦境》中，诗人写道："躺下，让肢体先进入梦境／先成为山峦，红色，鱼和马／成为河水——时间将要经过的地方。"这里的梦境不仅是睡眠中的幻象，更是诗人对时间的感知与思考。梦境成了时间的容器，承载着诗人对过去、现在与未来的复杂情感。

时间仿佛人类的宿命，谁都无法摆脱时间的围困，好的诗人作为面向世界的发问者，最善于在对时间的怀疑与叩问中，追问存在的意义。《在无梦的夜里放羊》里，一个贯穿全诗集的主题就是"时间"，一再考问"时间"，表达对生命流逝的无奈与存在虚无的感慨。譬如，在《等待》一诗中，长臂猿标本是时间的凝固，是生命的静止，而诗人通过对标本的观察，感受到了一种深刻的孤独与无奈。她写道："时间久了，它也忘记在等待什么／长臂猿标本日复一日悬挂在它身前／肚皮和脚掌贴着它　它贴着人类的脸／有血有肉　亲密又隔绝。"这里的"等待"不单是对某种具体事物的期待，更是对时间本身的无奈接受。在《烬》一诗中，诗人写道："是光将烧尽／我　因此获得／下陷／成为水里的／泥。"这里的"光"象征着时间与生命，而"泥"则象征着死亡与虚无。诗人通过对光与泥的对比，表达了对时间流逝的无力感。

人始终置身自然之中，而诗人是自我与世界、与自然的天然对话者，诗集中的一些作品描写自然景物，展现自然与人类之间的对话，表达对人类生态存在的深入思考。在《草地》一诗中，诗人写道："踏进草地时 / 我们是被接纳的闯入者 / 她递上湿漉的草叶 / 和萤萤弱光。"这里的草地不仅是自然的一部分，更是人类心灵的栖息地。诗人描写草地，担心人类贸然的"闯入"，惊扰了大自然，表达了对自然的敬畏与对人类存在的省思。在《绿月亮》一诗中，她写道："它浸没在绿色 / 作稠密的聚丙烯画 / 渔网自自然主义的河道中 / 刮取颜料　不临摹风 / 也画不出浮藻。"这里的月亮不仅是自然的一部分，更是人类艺术的灵感来源。诗人通过对月亮的描写，表达了对自然与艺术、自然与人类之间关系的思考。

诗人更应该是语言的试水者和冒险家，意象的激扬者和形式的实验家，清越的诗作也许有的是稚嫩的，有的不无毛糙之感，但最为可贵的，是她一直试图在语言与形式方面迈出一些创新的步伐。清越具有很强的艺术敏感，她希望冲破诗与艺术的界限，让自己的感官受到艺术熏染，诗被艺术打开，在心与语言之间找到桥梁。诗人在创作漫谈《手持气球的人》一文中说过，对她而言，一度尝试进入的一部分世界被设立在各式各样的艺术展厅里。作为一个接受者，在与艺术作品和其背后隐形的艺术家置身同一时空时，更多的感官被打开。她试过聆听那些被观看笼罩的画作、雕塑、装置品和影像。"它们无声地自述与交谈，语言被写进油彩、线条、石块、木框、陈列物或悬挂或躺卧的姿态中，交汇后流淌成透明河流，无声且无形地在被观赏的空间流荡。偶尔，我可以幸运地捕捉到一些这般私语，再把听见的写在诗页上，成为诗的形态。"

诗集中的不少作品受到其他艺术形式的启发，语言和形式上更加跳脱，如《一号展厅的石膏像》的句子："空气与尘土拨开它 / 一条一条纹路 / 脱落 / 露出白色的新的 / 手臂 / 大腿和 / 头颅。"与其说是用诗描绘某件石膏像，不如说是它（也可以称作他）主动地成了诗的肉体。因此，诗人也会有疑惑和辨认，到底是这些观看与聆听触发了诗歌的灵感，还是说，诗行本身只是这些触感的译本。而在《皮囊》一诗中，诗人通过对"皮囊"这一意象的反复描写，表达了对人类存在的另类思考："当她站起来 肉色皮囊／剥落 那是她的行李／会有人前往，浆洗、晾晒／直至缝补出一张透明的屋子。"这里的"皮囊"不仅是人类身体的象征，更是人类灵魂的容器。"皮囊"这个意象，承载着对人类存在的复杂情感。用诗人的话说，"皮囊"是静止无声的，可站在这"皮囊"之下的人，无法停止对剥下"皮囊"的想象，无法忽略穿过想象而来的它从"物"上被剥开的声音。

声音是诗人着意捕捉的另外意象，如《无声歌》一诗中，诗人通过对声音的描写，进一步探讨了语言与沉默的关系："那终究不是遗落在梦里的／柔软，泛白，绒毛编织着忧虑／／我穿着姐姐的睡衣，躺在纸页上／蓝色棉布画满绵羊。"这里的"无声歌"不仅是诗歌的形式，更是诗人对语言与沉默的反思。清越的语言风格简洁而富有张力，蕴含深刻内涵。如《暴食症》中，"吞食梦之前／先吃掉白天剩下的词语"，用简洁的语言描绘出一种荒诞又真实的情境，"吞食词语"这一独特表达，将抽象的概念具象化，使读者在简洁的文字中感受到强烈的情感冲击与思想震撼。

《在无梦的夜里放羊》不仅展现了清越对世界的感知，也为读者提供了思考生活与存在的场域，那就让我们读着清越的诗歌，跟随着无梦的夜，放牧心灵的羊群，在梦境与现实的交织中，寻找属于自己的诗意与哲思吧。

是为序。

2025 年 3 月 26 日，北京西坝河

第一辑

云上的人

蓝

她举起画册和碳笔
鹅黄的神情模仿眺望
身体的红色方格里
游动迷途的鸟的眼睛

两个孩子跑出线条外
手与日光交叠成一扇门
在放白的纸鸢，黑的纸鸢
是坏孩子，也是好孩子

她脸上被添加的斑点
嬗变星辰、飘浮与涡流的符号
画布前的大人为孩子讲故事：
当一个女人与鸟站在一起
是宇宙站在了一起

以上是胡安·米罗画展厅里
被简化的某一时刻
来自白日、一所白盒子和
尚未完成的白色画布

它的关联词有：

光　干燥　梦　行走　纯粹

歌谣　梦　思考　仰头

我作速写的人

编造这一刻尚未发生的

并也取名为《蓝》

独 白

以等待，等待一朵云
悲伤时收集星星
无风时佯装黑夜

繁衍自己，我将
生出一朵又一朵云
在水汽间追逐
争抢着成为不同形状的影子
洁白的鸬鹚，瘸腿的马匹

以河岸，放牧自己
从一山枝头到另一山
从一湖水面到另一湖
我和所有的我
排成绵延不绝的队伍
挡住人们眺望天上的目光

埋葬自己，我和另一朵云
比我结实，深刻且懂事

它盖上我，不露一点情绪

我将很快学会成为一朵云
如同我在人间时总是很快学会哭泣

影子爱人

呼吸，呼吸，模仿山谷
灰白色的烟和鱼
——通往过去的鱼
在泅开的筋骨爬行

身体面向身体，学习弯曲
背行，延展，双臂向前
抓住流逝的沉默的踽踽

将眼睛藏起来，接着是高歌
接着是二十三号染色体，杏仁
被抒情折叠的隐喻，脚背
像一对稚嫩的耳朵

只有手指，你和我唯一的联系
呼吸，呼吸，我们忍受羞涩
羞涩握着你的，蓝色的
你的蓝色的镜子的脸

你正在问我，我正要回答你

而时间突然剪断
只有旋转与旋转
站立原地

夜 猫

猫做梦的猎手
瞳孔是两盏月亮

白色月亮的儿子
举着诚实与妄想的火光

它在睡去
身体里另一只猫也在睡去
身体里另一只猫睡去
它才睡去

从不虚构往事，无法割舍的
被称作欲念的金枝。只匍匐着
等待，等待

铜钟敲响前
它取出晨昏看
绯红的，薄纸一样

苹果树①

是梦境，风吹动的小憩时刻
绿色重复于尚且潮湿的暧昧
白色喻为光、身体、充沛
比起虚构的迷恋与枝头
油彩更像沼泽
在模糊的叠加间徘徊
刮刀下的蓝
令人想到海浪

画中的少女侧对着观看者
她的脸上迎着白色的梦
并不企图表达共情

当我走近观看时
色彩覆盖了玻璃
就像鸢尾花开满河岸
飞动着
无骨的留言

---

① 标题引用自贝尔特·莫里索的油画作品《苹果树上》。

我想起新学来的比喻：
绿色药形容无疾而终的爱情
或是苹果树上的少女

弥　漫

气味是从叶子上来的
我拨弄它们，生命被倒放
从纸盒　编织袋　水　刀刃　玻璃花瓶
斜切四十五度的木质结构伤口

它从甲床的悬崖跳下
流水无声　很快
漫过我布置的屋子
漫过我消磨的夜晚
流连过的猫的背脊
漫过正翻开的诗行
不被珍视的虚掩

它明明入侵了我的一切
却又诚恳地问："换吗？"
换它成为我　日复一日
浇灌空洞和美丽的
换我成为气味
短暂剥开智慧　皮肉　模糊的痛苦

从有形的叙事里消失
沿时间的缝隙　缓慢攀爬
结成网
和更多气味交融
抽去骨骼便能越过边界
过去的都将裸露
存在若有若无

闻得见我的人
正悄声为我命名

这听上去短暂而合理
要成为气味吗？
抛弃叶子，又重回到叶子上去
教给它欲望——
一到成熟便散落

它明明入侵了我的一切
而我仍在布置它
修剪浇灌并拍摄照片

几日后新的覆盖旧的
我覆盖我

气 球

贩卖气球的人是富翁
握着嬉闹与哀愁
沉默的白昼　灿烂尘土
握着婴儿的啼哭
圆形胶皮是通往太阳的入口
一只气球便交换一张
他是个富翁

作为圆形的参照物
它们和陌生的脸孔过于相像
头挨着头时耳语
扑哧　扑哧
在秋天咽下的秘密令它们饱满
令它们更接近天上
扑哧　扑哧
一句一句讲完
露出干瘪肚皮

也有说不出口的时刻
也有无声又软的泥土

也有绒毛和水渍
可有可无的叹息
往事和旧事　分开又重逢
它们比树高一些
有风的时候
比人又高一些

如果我拿出果实来交换气球
他会松开手吗？让我成为
那个审判者——
无数的绳子握在心上
温良和沉默都数不清
我足以交换的有自怜的百合花
一匹猛烈的和一匹温柔的白日
外祖母健忘的齿痕　年幼的长巷

他只默许我　旁观气球的老去
容器无法改写皲裂的命运
树顶的鸟落下又飞走
怀中的婴儿变得透明
我低头看我自己
再没有可以拿出来的东西

故事的最后

是我将要走进未尽的梦
是我戴上一张新表情
高高举起斑斓虚妄
松开手
松开全部气球

叶 子

昨天，许多梦来找我
就是落在神像道、羊肉胡同和
南京路上的那些

橙黄橙黄的经脉
向下
并左顾右看

它们褪色得很快
在被夹进布达赫与哈夫纳的争论前
丢弃了水分与光线

《梦的解析》第二十三页
一枚榆树的叶子横亘在
后三行，深沉且深沉
像故人一样瘦削

睡 莲

绿萼上刻着破解沉睡的咒语
念诵后撕下　再配上代表爱与痛苦的其他
同类（毛茛、荨麻或蔷薇）
灌入它自己诞下的天真又微涩的水中
它将会醒来　你要小心地念诵
那已是最坚硬的部分

它足够自叹　足够尊重夜晚
不像别的花开得不分昼夜
连带倦怠又虚伪的黄昏
连带黏稠的完满　清醒的时候
往圆白容器里藏点月牙
再藏点被捻开的虚荣

你要小心地念诵
它时常并不想醒来
尽管是无意跌进睡河的
像只青鸦的尾巴那样也无妨吧

人们总要叹喟伟大的故事

没人关心它是否无奈
一朵花画着画着就将是真的
温热的日子坐上轮盘
池中花烙印金属伤口
它作为美人的比喻被重新认识
重新抒情　重新张合
收集粗粝又光滑的赞美
被写进一出好戏的断章
它因此听过它的先辈
奥菲利亚　真诚溺于谎言

沉睡还是苏醒　这是个问题
睡莲的咒语应当被敬重
夏日无聊　它对即将到来的凋败
一无所知　浮肿
爬上白色　平淡的脸

究竟是谁要她睡去啊
是谁又叫她醒来
她原本只是
轻轻　活在浮水上

猫在夜晚化身诗人

它只在重逢时欢愉
腮侧的绒毛存储些气味
片刻便丢弃

不在意抚摸、亲吻
长久的誓言
雨水裹挟身体时
翻个身继续睡去

它来人世间穿行片刻
把河流扔到天上
捂住飞鸟的耳朵

用眼眶比喻长梦
把风声认作一只猫的丰饶

枕一枕月亮

猫只在夜晚化身诗人
白天时
它们都是金黄色的

无声歌

那终究不是遗落在梦里的
柔软，泛白，绒毛编织着忧虑

我穿着姐姐的睡衣，躺在纸页上
蓝色棉布画满绵羊

它们怅然四顾，无声地向我摇晃
脑袋，排列吟游人的队伍

有时，方形与圆形互相碰撞
有时，化身骆驼和年轻的母亲

在离开姐姐的橘花林里
我们唱过长夜，黑鸟和归来的草地

绿月亮

它浸没在绿色
作稠密的聚丙烯画
渔网自自然主义的河道中
刮取颜料　不临摹风
也画不出浮藻
涂鸦者的理想
像一只耳朵

像一只耳朵
我是指那河道
等冬天的谎言戳穿春天
捞月亮的人　先捞出
失语的蛹、一些时间
盲眼鼠妇和半新的湿泥
旧事因此被熟知
被刮刀遗忘在署名为物的
无题画作上

岸边
有人举起取景器——

22

白鹅经过
啃食青荇和年幼的
草坡

草坡上
芝麻醒了
身体摇响彼此：
看啊，那个轻轻的人
在捞月亮

一号展厅的石膏像

空气与尘土拨开它
一条一条纹路
脱落
露出白色的新的
手臂
大腿和
头颅

风化
令它看上去
更加困惑

它不明白新的
白色的
很快就会发黑的
手臂
大腿和
头颅

组成的
是谁

鸽　子

我找寻她们时
诗人也在桃树底下

去年我读他的诗。空旷地
比喻一只三十五岁的鸽子

遥远相遇，我们面目模糊
略微想象对方举起的手臂

指间蹼张开黑灰和赭白
——落在地上的中年的颜色

然而谁也没有举起手臂
或许是出于羞赧、自矜和不忍

三十五岁的诗人路过
去年的桃树。我仍在找寻她们

暮春的行路人

头颅困倦地抱在怀里
苹果困倦地挂在枝头
他们和苹果没有两样
将面孔交给土地
结出困倦的果实

烬

是光将烧尽
我　因此获得
下陷
成为水里的
泥

等不到的开始流淌
梦是不得已的告知

坐进山坳　坐进瓦罐
炉火不停
熬煮时间　歧义和雨
熬煮我
只当熬煮一剂汤药

雨使我躺下
融化
往漆鸟的脚环
添上可有可无的伶仃

夜晚是告别的弦乐

你看向我的时候
我将拥有整个行囊的苹果
它们头挨着头
生出一个又一个羞涩的斑点
我也将看向你
新绿看向风
苹果树看向苹果树
我的父亲看向我的母亲
她笑起来仿佛一张过去
他们还未教给我歌唱
你看向我的时候
我是山谷，是珍珠
是苹果的锈迹
听夜晚诉说她将要躺下
然而，云的膝窝是空的
没有白鸟从这里经过

第二辑

在飘浮的世界

寂

搬进山里后
一部分身体闭合了
人的声音结成细长水渍
清醒与模糊的龃龉渐止
不想做人的时刻可以暂作斑鸠

一部分身体滑落
云的呓语更多了
宽容　生出指缝
荧荧小径上
灰雀啄开内向的苹果
山体露出她行善的胃囊

山有山的寂静
人以外的一切替代了人
我们度日　也结果子

是这寂静叫我以为
错误的可以归置
空间可以藏匿时间

游荡过的黑夜可以埋进山土
自有宽恕的果实等在来年
绿苹果　又是一树

可当我咬开
这忽然变奏的绿
却还有更暗的绿躺在那里
和你我以为遗忘的　错误的　逃逸的
和你　和我　躺在一起

那匹马消失了

当我们到达展厅
那匹马消失了[①]
计划里，它应提前
被推倒或悬吊在半空
履行展品的使命

他们因此绕着空白踱步
怀疑与存在彼此摩擦
严重者喷打鼻息

此前它已消失过一次
在死亡的瞬间
复生的代价是肢解出灵魂
成为艺术品　凝固的叙事者
永远被推倒　永远保持平行

死亡和重生在同一天被储存

---

① "那匹马"来自原计划展出的莫瑞吉奥·卡特兰的标本作品《无题》。展
品未能如期展出。告知牌上写着"作品维护中"。

它和它持续地平行着　于宇宙
于高声和亲密的导语
于一罐来历不明的荒诞
于平淡痛苦　于无穷尽
它常常只能与戏谑者的鞋印对视
没关系　那些俯身观看的人　仰头的人
同为装置艺术里虚幻的部分

此刻　黑夜正短暂发生——
在桥底、隧道和山洞穿行时
它追逐一匹新马
镀金的蹄子洞穿柏油
站立，像马那样踏步
直到痴梦踩碎
途中，停下来吃鸟吃过的草莓
路牌上的宝石铆钉
斑驳腐蚀它
因此肚皮闪闪发光

它熟练地躺倒　落在软泥上
把腹部露给月亮

皮　囊^①

当她站起来　肉色皮囊
剥落　那是她的行李
会有人前往，浆洗、晾晒
直至缝补出一张透明的屋子

剥落时　屋子也站起来
滚烫的肉身坍塌
流浪者被倾倒
注视如同油脂流淌　他们窃窃私语
你一定知这其中的痛苦

青色的鸟落在肩上
透明的昏黄席地而坐
不再有什么能困住她
被藐小的　割开的　扁平的
被命名与受到伤害的
她重新做回
没有壳的动物

---

① 标题关联海蒂·布赫的展览《皮囊之上》。

随心地去长喙　腮　两个胃囊

再来探讨关于腐烂的问题
她们拖动屋子时是　母象
茧已成为庞然巨物
那就悬挂起来　像平日那样
给屋子通风　若是再有
臆想的流言和追问
她将剥落第二次

先脱下她的
再脱下一只皮箱的　枕头的
瘦削的　水洼的
铁轨和高塔的　昨日的
高尚抑或深处的
皮囊　剥下无关的关联
世界跟着一同　蜕皮

直至纯洁
视线退隐到
语言无法灼伤之处

在装置展成为装置

没有陶土，黏土也可以
爱与松弛禁锢在裂痕底下
身体干涸。每想开一次，
足够生出一根细纹

虚构扁平的躯干——扁平的
头颅和手臂
瓶子，瓶子
关于流放与等待的容器

没有黏土，折纸也可以
立在那里，本分地
成为一件装置
在某个时刻同阳光生发价值

想来纯粹，洁白，偶尔布满颗粒
刚好留作形容词来歌颂人间
中指或许也可以
在柔软的河岸
游走，捡拾被裁去翅膀的

鸟的影
关于黑夜的记忆暂且不表
还有星星——
星星也不过是手指抹去的细痣
那个夜晚不让你看见的，
摘下来
别在发尾

后来，你总想起关于鸡蛋的比喻
打破与被打破的空间主义
低头看腹部长长的裂痕
默不作声

骤雨时分的站台

白浪即将赶到
斑马线无声地整理号牌：
喧嚣 / 静默 / 折叠
蚀剂 / 禁止 / 等待

行进与归途被困于静止
鸣笛声从路尽头来
城市化作虚无横陈的山谷
"都是沙粒——"

在站台排成一列，我们
比喻成坎特博雷市集的苹果
涂鸦、白头蜡烛，或者其他
盘算着如何抵达，抵达

都是沙粒
我们，孩子——
深褐色的老人吹起小号
年轻时候，他是矫健的休止符
如今，他在演奏德沃夏克的协奏曲

我以目光睡在母亲的肚皮

我以目光睡在母亲的肚皮
手术疤痕编织一座石梯
她保持着撩举衣服的姿势
手臂是低头的柳枝，白鱼
高音默诵命运的哀歌

共生于疼痛而羞赧的呼吸
目光代替我怯于坦白的
贫瘠的勇气。我知道
另有一处疤痕在胸膛
形容表盘，甜蜜的酒窝
别在肉色胸口的计时器

母亲的伤疤无法孕育生命
只孕育了死亡，一颗粉色的
扁桃仁。站在医院等待审判时
她说起我出生的那天有雨，
"你的手像扁桃仁一般小"

宽容的手掌落在我的额头

在无梦的夜里放羊 |

"去把花盆搬进院子里吧，
明天起要过秋天了。
都见见太阳。"

与猫度过的凌晨时分

猫在凌晨被送去动物诊所
被目睹了疼痛的啃食
白色寓言在肠道里领路
灵魂交给耦合剂

打碎，我扑向我
一只畸伛的病虎——
它曾相信我将能予以安抚
带走疼痛
如同带来食物般容易
手掌扮演粉红色的母亲

而我无法解释
不过是共存的关系
我们：猫和我　一个
匍匐的影子和另一个
在疼痛面前，并排扮演
无声息的蜡像：
猫和我　我和我

冗长，又深褐的
去往柔软处成为更柔软的
费洛蒙、水、显影灯
和野兽的吞咽

拯救或者趋于平静
只能从身体的内部开始
如同等待戈多那样等待种子

后来
我们用尽了这一天
从凌晨到凌晨
互相依偎着
像垂头的影子

时间梦境^①

躺下，让肢体先进入梦境
先成为山峦，红色，鱼和马
成为河水——时间将要经过的地方
躺下就能延长时间，是这样吗？
可谎言在奔跑：火车驶入黑洞
麻雀飞进赤色　指针如同丛生的龋齿
在模仿发锈的声音
"嘘"，它回头看你

你以为可以追上它
追上它，暂停，掰开
揉搓成一张黏腻的早餐
吃掉它　吃掉身体里生出虫眼的部分
吃掉棉　吃掉甜蜜的籽
吃掉一段坏心肠　吃掉褪色的（爱）
可谎言在奔跑：狡猾的人会装它在匣子里
贴上脆弱的黄月亮　它会美丽得如同一张
空洞又深远的脸

---

① 标题关联萨尔瓦多·达利于 1931 年创作的布面油画《记忆的永恒》。

你当然追不上它
是遗憾代替你留在这里
夜晚摔碎白日的镜子
做梦的人换了另一张面容
月亮是陌生又盘旋的模糊欲望
你说时间？作画梦境的人
没有画时间。以梦计量的时候
它是天真是蓝　是鼻子里的灰烬
是一切柔软　温暖潮湿的手掌
握住你　它正在你的怀中，黏腻得
像一个负心的人

你为什么要合上它
合上它　折成掌心大小
以为放在胸前　缺口就会闭合
可幼年已从梦境中跑出来
它手脚透明
它不会长成坚硬有力的事

时间本没有意义
梦的象征物已在融化
醒来的时辰越发短暂了
短暂的——
不止时间
而你知晓这无用的一切

书 店

推开甬道　姜黄的铁门
在这座城市生活所需要的
勇气，谎言，盘算和憧憬

他们侃侃而谈
词语在头顶排列
生出汩汩的银灰色
水珠，像汞。

自由在其间孵化
沉默不语。一颗紧挨
另一颗，像汞。

年轻女子的肖像

你不经意地看向她
她的右眼平静
像个画中人般端庄
而左眼撩起一尾
黑青色　仿佛朝向你
又仿佛没有

你不得不看向她
时间是浮于面庞的波涛
作画中人的五百年里
她扮演熟润的瓷器
封冻的白驹
裂纹和荆棘自内胎开始

第一个故事
诸神的山坡上
年轻女子无意摘下
野黄水仙花
第二个故事
她握紧石榴　并吃掉

某个季节

被默许的第三个故事
你最后一次看向她
黑马掠走时间
像颗谷壳
饱满而又迅速
消失

种房子

将夜晚掘开,种下房子

因此他们得以在夜晚晾晒,攀谈
发酵的灵感在白天时干瘪得像个幼子
但他们从不谈论和房子的爱

不是所有的夜晚都适合种房子
要等到脚步退潮　窥探的欲望
回到白天的房子　等睡莲睡去

不是所有种下的房子都会生芽
时间被借出去就无法归还
每长出一座新房子
泥土沉浮旧事

等到隐形的溃烂自身体流淌
等到透明来临
它们(房子　房子和房子)将去和夜土交换
成为语词中的莽撞、惊蛰、空置、分解、细线
精神物质
复生,再种新的房子

候诊室

人们彼此围坐，只以
声音作战，发白的喉咙纠缠
自患上皮肤病的楼梯
滚下

或者彼此凝望，风化的
面孔，入冬的河流
欲言又止

命运落下时，西西弗斯
从来不会向上看去
春天过后，虎踞北路
开始流浪一些，泡桐花
柳絮，生来即死的虫卵

清晨在石象道

它们等着
等食物　水　脚步声
等浅薄的怜悯
等现身　等被发现
等时间打开又关上
叶子下的光由生到死
雾里裸露的欲望
不过一碗
腥稠

蹲坐在一起
它们惯于
并狡黠地模仿
石象石马
或屈腿的骆驼
模仿头冠剥落的人俑
模仿被拉长的年月
斑点自晨昏落下

等着时

猫可以是极大的
也可以极小

它们和石头一样沉默
等沉默　换来赞美
也在破晓时分
爬上树冠
像先人　俯望人间

交谈的只有风的罅隙
清晨在石象道喂猫
偶尔的人　等着
和石头一样

另一种故乡

在城市长大
我与村庄的关联屈指可数
干涸的页面上，偶尔
一双老人，了了横歌
半旧的胞衣

而，每个迷惘时分的比喻
或是企图寄托命运彼岸时
我都将看见
我的身体
变成某种弯曲、仰颈的形态
脸蛋红红
立在田埂上

颂 歌

我总被猫仰望太阳的眼神吸引
瞳仁在金色的湖泊投下影子，长出麦粒
看上去那么向往。它却又一次只是酣睡
什么也没有，没有站牌、星星、丰盈的孤独
太阳常常被埋葬。它洞悉这一切，是的

沉睡，或吞下一只鸟

是白色幼猫　也是贪婪的婴儿
语言的子弹于它而言
只是果实
新的仁慈是，天生耳聋
偶尔有月亮的夜晚
倾诉、思念和厌倦地舔舐　格外香甜

白猫无须自证空心
梦迹里，银河留白更多
淡薄的蓝的天上　倒影繁杂又纯真
面孔叠着面孔：灵魂的
显影剂　半暗半明
因此它也温暾　露出过
纯白神情

"我该唤醒它吗？"她问
像母亲亲吻婴儿那样
灵魂湿漉漉的
编织空心而沉重的纱
她笃定它身体里住着更小的一个

也是白猫　也倦怠地空着
沉睡　以时间为食
不走入任何漫境

它要如何拒绝揭开
永远的无声
黄色竖瞳倒映着
善意在此刻露出的白
灵魂的沉睡如同失语

无从开口时　就去吞下一只鸟
眷恋回声时　就去吞下一只鸟
总有更小的灵魂

它跳了下去
幼猫跳下她的手指又跳下亲吻
耳朵闭合　甘愿跳进空空的
命运的巨口
这巨口曾吐出我们又吞下

"继续睡吧"，她最后说
说完，吐出一只鸟
傍晚时，又吐出另一只

在鹅鼻嘴山

山无声，无言语
无人察觉它正看江水
修辞外，几个年轻人
攀爬，鹅鼻嘴因此屏息

等石头的人，垂头
倾身　听一块暗青虎斑色
是老石头了，他说，石头
老了将往哪里行路
他没问过

编织江水的人，从北
行至南岸，左手持银的
鱼脊，鱼脊开刃。江水
抽丝后还能流向哪里
他没问过

数白鸥的人也数水和石头
那些鸟的翅膀，一面在飞山时
流淌，一面在静默时

化泥　鸟总在飞往哪里
他时常从头数起

他没问过。飞往与飞不会停止
如同流淌不会停止
流淌不止
如同行路不止

修辞外，几个年轻人
攀爬——
风吹动山南的
野蔷薇，像梳一匹
马的尾

第三辑

没有结局的故事

草 地

踏进草地时
我们是被接纳的闯入者
她递上湿漉的草叶
和萤萤弱光

手拉着手
我们轻轻呼吸
第一个女孩儿开始哼唱
呜　草地托着我

她真像一个怀抱
我想躺下
于是我成了她的
一部分
手掌大的水洼地

我幼小
风踏过我
黑色的乌鸦踏过我
月亮踏过我

不具名的爱踏过我
它留下蓝色
交换半新的露珠

我也巨大
当我松开紧握的手
在空荡的深处
成为泥
成为无声的谣曲
一颗种子的秘境
流淌　流淌后
渐渐消弭

明天前
德墨忒耳的女儿们将
自草地出走
而我甘愿留下
只做金色的虫子

新 娘[1]

展厅中央
只她站立着
被更年轻的女性
旁观　抚摸　私语

金属新娘
披镀铬的头纱
用仓皇的车灯装饰胸口
背上弓一只油缸
眼睛是　黑——
没有眼睛

她诞生为荒诞的
艺术品　失去口鼻
就失去了质问
宽大的骨节赞美她
也切割她
银光令她轻盈

---

[1] 《新娘》是美国艺术家约翰·张伯伦 1988 年创作的金属雕塑作品。

又隆重
意义止步于抽象
金属泛滥的未来时
新娘成为空心的
臃肿　成为机器

更年轻的女性
阅读导览词：
以平静的讽刺诠释生活的庸常
又举起手
与略生锈的
讽刺合影

展厅中央
只她站立着
成为艺术品的前夜
她是干燥的
盐地

哑 鱼

当我又变回那条哑鱼
与树冠越来越远
蓝色降落蓝色
时间倒退行走

结果的诺言一个又一个
被岸上的人们抛进来
修辞悄悄丢进水里
可我没能抓住
模糊的寓意

热烈者们围聚的崖边
无法被听见
重逢与失去的皆已交融
往不再开口的躯壳里去吧
昨日披着漫长的白纱在等

成为鱼的过程　更复杂也更轻
雨水单纯是雨水　意义单纯是意义
被重复比喻过的夜晚

允许少数疼痛与弯折剥落
允许银白的逐流

如今，一个我藏身水里
另一个我还存留人间
行走爬满身体　掩饰的
摘来的　褪色的假面

只有我真正知道
无声的双脚如何模仿鱼鳍
梦境和水面互为倒影
我嗤笑我
足够温暖的水底
斑驳　都已沉眠

偶尔我和我在崖边经过
不是所有故事都有出口

哑鱼游进黑夜
岸上的人等待下一个

影的告别

失去身体之后我还剩下一支舞
作为舞，我得以旋转无尽
作为未完成的艺术，我被默许空白
作为空白，我将折叠为容器
埋下盲眼的时间和羞于拥抱的手
在曾拥有过身体的时刻里
我溺毙耳朵　把自己搬来搬去，拼装崭新的
被需要的——躲开灰粉色嘴唇吐露的妄言
模仿外溢的流水，空心的石头和一枚低垂
模仿被需要的喧腾，模仿更多
脊椎因此代谢成错误的记号
膝盖与手肘彼此流动又抗拒着
直至现实退回为抽象
直至我失去身体：存在的参照物
棕色成群掉落，松树下新站着白狗
未完成的艺术是聪明人的幌子
失去的身体留在台上
垂幕后，等待开场
旋转一步　一步
一步

暴食症

吞食梦之前
先吃掉白天剩下的词语
混迹　戏剧性　迷途　崭新的
长久　奔涌　正午　橙色　不可名状
多余的那些暂且还给诗集
开始吧　缓慢进入一只贝果
吃掉他荒谬的部分

门齿在圆形的迷宫里消磨虚无
惹人烦恼的藏在气孔中呢
那些善变的舌头　表情各异
耳语常常在桃核里
和红润的果皮一样艳丽
吞咽肉类时也一并咽下闪回的记忆
母螳螂在分娩前吃掉丈夫

吃梦的步骤倒是不难
和吃一张月亮基本雷同
揭开乳白的膜　在梦的边缘
轻轻吮吸甘甜的部分　再吃掉软弱的过去

遇到深褐色的斑要剔出来　连猫都知道
腐烂的人会带来危险

越是失眠的时候越要大口吞食
夜晚还没有过完吗
那还能吃点什么呢——
吃下独居的时刻，包括一部分次日
一部分自己

膝上的乌托邦

写诗的时候，猫趴在膝头。
它无法忍受文字的衰老与缓慢。
静止，回想，挪用时间。

那只柔软而暧昧的肉垫，
学会了纯真至失焦的口吻。
它写的诗，留下整行"不"字。

宴

是光在扮演
持刀的角色，窗叶被
命作餐碟。淡积云是今日的食客
它舒淡而晴朗地品尝
被切开的时间。白天，晴天，肥美的部分
更肥美的在夜晚
换梦作切开的刀刃。云退场
白马行经雪地。遗忘
同银河一样深蓝。时间像金枪鱼
露出粉红肉身
粉红印在马背上。马背
离岸。被看过的时刻
将倒退回初生的胎动
重邀一位食客吧
谁会被抽中成为下一个吞咽者呢？
吞咽时间的人，吞咽
又拒绝着。被拒绝和被吞咽的
将令时间阵痛。
阵痛翻涌着，
像生出暗红色鱼子那样
生出新的虫洞

空白恋人

你教我所设想的
过去和未来
在这个着火的夜晚之前
不过是张纸片
是妄言也是遗言
冰冻的牙齿只会啃咬更懦弱的一边
拿出疼痛模拟器之后
空洞打碎了道理
爱乐的吉他手轰然倒地
你的手在颤抖吗　为你业已发生的
前来告别的人已开始用钨丝计数斑点了
苹果在被冰冻时生锈得更快
焚烧　焚烧冷水
被你封冻过的旧事
烧掉我与上一个我的距离

失眠者呓语

将发白的纸卷成耳语
塞进山的缝隙

拨开隆隆的江的潮声
把夜的笛子放进去

车灯在沉默的壁上睁合
短成一只失眠的眼眶

总有断句和骤亮
总有沉默与漫长

是他人的白昼混了进来
被没收的句子在写信
没有回信

我 们

傍晚，母亲照旧打来电话
她急着把胸腔清空
干瘪地面向长夜
再用一针一线的难眠
缝斑驳的日子
我只说我的事，咀嚼
吞咽灰尘，褶皱与鱼骨

白雪　一闪而过

并不在意对方的重复
我们充沛地沉默着
此起彼伏的绒毛落在地板上
墙上的父亲留下影子

一只稀疏的猴
臂膀穿过丛林
江水与城市

故事之外的故事

去年种下的白

在上半夜生芽了

它坐在铜像的肩头

蒙眼张望

没有口衔宝石的燕子

没有寻找心脏的铁皮人

渔夫的行囊里找不到金鱼

皎白是谎话的第一句

等待在等待之外

故事无法　更深

天将亮时

漫无边际的谜

被关进抽屉

他放下笔

让燕子飞进来

"词语破碎之处空无一物"

等 待

时间久了，它也忘记在等待什么
长臂猿标本日复一日悬挂在它身前
肚皮和脚掌贴着它　它贴着人类的脸
有血有肉　亲密又隔绝
两种欲望（它深知并不相通）
很久了吧，久到时间在它身上生网
背着蜘蛛出发，沿途求偶生子
一张网生出又一张——
等待的具象
蜘蛛对此却嗤之以鼻：你不是狩猎者
不过一块玻璃　凝固死亡的容器
作为窗子的玻璃可以打开迎接月亮
禁锢标本的玻璃却只听说过
这金黄又柔软的自由
好在它终于想起　在等待什么
并开始默背生薄的技能——
攀腾　在旋涡状的金红里
想起被烧灼着的早年

破开——

裂成碎片飞出去的时候
它抽空自得
果然如此，等待一件事
等来的总会是另一件
新生的尖叫里
它的一部分
连同等待的一部分
正在像月亮那样飞行
巨大的网包着它
飞过凝固的尖顶
流动的和隐喻的
毛绒而虚妄的
它生出的网巨大

越过月亮时　它看见
一只猿的脚　正在踏行

生活蹲坐在街头

生活蹲坐在街头
贩卖着
太阳、喧哗、等候、颂词
和灯火
手指被汩汩的白果的汁液
染成了
中年人的颜色
他没能在老虎桥菜市场谋到摊位
只得蹲坐巷口街旁
从往来的脚步声
辨别明天的去向

纸币在手心与手心间交换
混杂着汗渍与雨水
生活也分不清
这场雨是下在
昨晚
还是即将到来的
今夜

几次从摊位站起

他举起火炬

企图丢向生锈的去年的

春天

每一张脸都被点燃

每一张脸都烧不尽

是柿子未化的霜雪

是苹果上的青

是一颗臃肿的石榴

抱不住夭折的籽

他仓皇熄灭火炬

匍匐在余烬取暖

膝盖劝他蹲下

继续伪装成生活

他对自己说

各有各的活法

番茄自有一场薄命

而剁椒最为甘甜

黑 鱼

老鼠咬破鞋头的第一天
奶奶为离开村庄做准备

无常从棉絮中
探出黑白的头颅
她相信魂魄
已*丝丝缕缕*地游走

女人的老年
和空洞的干瘪
比喻在一起
结成矮墙上的
丝瓜、角瓜、茄瓜
皲皱的皮　作盥洗工具

她照例去数养在码头下的黑鱼
它尚且还活着
浮萍与渔网
早磨平了八十二颗牙齿

　　　　　　　　　　　在无梦的夜里放羊　|

怎么就越来越窄了呢
她收起渔网——
那只蜷缩的孕育的囊袋

"怎么就越来越窄了呢？"
全部的河流
都不适合安葬自己

布里埃舞场[①]

深幕在跳舞
光裸的脚趾在跳舞
沐浴者在跳舞
布帛与赤马在跳舞
所有的黑与镜子跳舞
无声的面孔跳舞，手心探出火焰
词语跳舞，而你站立着

你站立着
褶皱的掌纹站立着
长夜站立着
青年的焦灼与烂漫站立着
谎言与时间的影子站立着
你看不清
静止与运动是一对尖锐的耳朵

永恒不过是短暂
想起被缝补过的曾经
你蹲下，臂弯化作龟背

---

① 《布利埃舞场》是索尼娅·德劳内于 1913 年创作的床垫布面油彩画。

末班车停在永无站

和我一同等车的青年
自称杰克。口袋里的魔豆
没能藏住羞涩的绿
绿是通往月光的藤蔓
它们正昏昏欲睡
忘记天上
斑马拦住我们
披着摇滚歌手的夹克
他低头
唱上万颗雨水
没有巨人和他的妻子
没有高塔垂下的长发
尘土被脚印带来又带走
庸常认真地
摆在膝头

杰克摆摆手说
末班车将不会来
月光很快会盖上这一切

大雪将至

你来同我告别时
大雪将至
高高举起的哀愁
是一双不善言辞的鞋子

想说个有趣的往事来听
打翻口袋，只挑拣出红色的绿色的脸
糖纸被遗忘在梦境里
蜜蜂融化成太阳
空气如水面晃动

野风撩人，要卷走，要哄走，要扯走
你手里紧紧攥着的
一眨眼，忽然已是夜晚

像笑一样容易

—— 一七年夏精神医院考核札记

我们千里迢迢赶来
考核一所精神医院
傍晚抵达时，
他们刚刚围坐。

围坐成亲密的弧线
他们互相看望着
虚妄斗兽场

无人写得出斗兽场的形状
原始的叫喊
自胸腔汹涌而出时
像笑一样容易

观众也是兽　人群中分明是
空白的。他们望向彼此
拥抱和依偎
像笑一样容易

世上，存在日复一日的快乐吗？

药物沉重　屋顶沉重
日子装进洁白
像笑一样容易

还能有什么令沉重飘浮
除了梦境——
那只肥硕的气球

唯有远离日常的沉闷和不断变化的欲望

多云。我无法举起蜡笔，你也是
愤怒是我的城堡，沉默是你的
猫咪躺在春日底下，敲打着尾巴
日光困在云层里。我无法举起画布
你也是。很快我们将忘记争吵
重新创造时间。对于装饰物而言
二月的清晨与三月、五月的并无不同

下午三点十分等候在医院走廊

女人握紧胸前的观音
泥土色的男人
拘谨和脸是被攥过的纸
一对老来伴
妻子倚向他的肩
却摔倒在地

清醒与麻醉的缝隙里
白色成群穿过
声音疾走
她们打开穿戴病服的门
又打开另一扇
另一扇是白色

走廊因此塞满人间
赤裸身体的西西弗斯
正举起轮子——
此刻的比喻
只有轮子

驮起被流淌的肉体
和氧气瓶同色的天空
忒修斯船上
干涸的鱼　呐喊无声

很快，轮子将要驮上母亲
命运皆由红绿黄线概括

像个路灯
忽暗忽明

剥豆荚

陪母亲剥豆荚
重复着剥开　摘下
是平静　也是缓刑
把砾石和圆圆的心都咽一咽
暂且亲密的闲情　笼罩我们

直到我看见
是我躺在豆荚里
贝母怀抱白色胎记
（那是我们最相像的部分）

再剥开一次，
"我"说

睡前书

来来来，让我们回到……

别管那河流

又急又缓倒退着的湍湍

别管那风动

斩断每一片叶子

别管那草坡

锁着一条弯曲的栅栏

别管那云群

鬃毛凛冽的软绵绵的兽

别管那马蹄

星星是火柴的余焰

第四辑

乐园在成为乐园之前

月影落在我们身后

说完告别的词语
我们沿着江边行走
水和你我　隔着冗长的倒影
再无人作声
语言就此蜷缩
自欺关上时间的扁壳
你我也跟着做一回茧
留下的都藏进影里　蜷缩
缓慢凝结的泥

那泥土上的虫卵
发白的眼睛　它正看着
月影落在我们身后　慢慢走
留下的　丢失的都在江边
蛾眉月　上弦月
一分两半

水和你我　隔着冗长的倒影
我们看得太缓慢
低垂的手臂正从江水里退潮

月影盖上潮水的眼睛

我忽然执着于要看清它的波痕
被影遮盖住的浮标　绯红色
会是我的走丢的手心吗？
它曾握得住圆月和谎言的苹果
它曾成为隐喻

比喻何须那样疏远，不妨
更多说一些：旋涡中的花朵
蜕了皮的爱和隐喻
分别的人　怀抱虚妄
时间的渡口　一切终要落进水里

一分两半
月影落在我们身后
阿耳忒弥斯的花枝正在结网

到处都是萤火虫

1

踱步在燃烧的边缘
栾树醒着
到处都是萤火虫
它们总低头
这里的孤独者很少看天上

2

从前在天上时
我每天都要摘掉许多云
旧的新长出来的
脏的漂洗干净的
它们也会私语　嫉妒和诞生

3

日光一直跟着我们
寻找封存的诗笺

直到皎白被云掩盖
虚假　飘浮之物

4

摘掉的云留到夜晚
天上的法则里
无用的　也可以存在

5

允许一些失望和战栗
允许流水沉默　允许反悔
另一只鸟飞进夜里　悄悄说话

6

后来，半白的眼睛认出我
我知道我将由此降落
摘掉云那样
摘掉翅膀

7

完成了递送亡灵的使命
我将要回到树梢
然后脱落
然后缩小
最后的光芒坠在虫子身上

8

这里的孤独者很少看天上
到处都是萤火虫

乐 园

在夜晚前张贴告示
寻觅这样的地方——

可以只有一棵树
"树将会记住很多事"
可以有院墙和船
用锈迹画上白色的房子
可以没有鼾声,但一定
没有窃窃私语的鱼的眼睛

可以是淡淡一声休止符

只要能在黄昏时候,允许
我和我的猫一同进入
我们并排站在月亮底下
(有时,它会趴在我的肩膀)
它等待它的同伴 我等待——

乐园在成为乐园之前不会消失
等待在逃避成真之前总是红色
褪去,瘦削的今天留在草地

在无梦的夜里放羊 |

月 食

人群散去
白猫立在草地
前爪挂着流浪的遗训

天狗吞嚼玉盘
猫眼金黄
饥饿是染水的草籽
匍匐，忍受站立者
一闪而过的悲悯

天狗烧嵌银边
平静因此生出斑点
模糊的　比喻句式的
被赋予象征的
如同露珠
或者猫癣——
光秃而羞耻的皮肤病

白色旁观者
不懂月的隐喻

无所谓象征
在这个扁盘子般的时刻
饱有的和抛弃的
罅隙里
吞吐的巨齿间
"同情总是多过思索"

漆黑在漆黑时掩盖一切
后半夜将无声
恋人会关上窗户
流浪兽类的腹部
涂上又一件泛泛的命运

月光皎白
它离开草地

矮行星

他们执着地建造房子、屋顶
与花园。用月白色的铁片
做成运送梦境的卡车

他们彼此问候，拥抱，举起
酒杯。传闻爬上许多张脸
背诵觥筹交错桃花潭水的诗句

拥抱再亲密，手臂与谎言之间
总是有缝隙
那里依旧是一片废墟

绿皮火车

时间在坐进
绿皮火车时
慢了下来
如同电影里
回忆往事的情节

又或者电影里
回忆往事的情节令
时间在坐进
绿皮火车时慢了下来

更多缓慢的时间
向后退去
石头垒起村庄
老妪怀抱太阳
枯树皮的身体长出弯曲的穗

鬓角点燃冬眠浆果和承诺
轮子来时
铁轨旁的野草

已死生百回

一定要在穿过山洞前
高声叫喊。他们互相嘱托
飞快取出口袋里的银河

那些星星于是入梦
掷向每一辆酣睡的车

晚风在冬日的皮毛下

风在他们的口袋里
变换形状，气味，存在的可能
与焦虑者交换拥抱
一枚杏子停在那
橙黄杯子里立一辆吊车
落日与抒情
城市藏不住野风
每一双胳膊都被擦拭、擦拭
如同精致的器皿
我重新提起笔
白日偷藏进口袋的风
将在夜晚被打开
夏夜从温柔的描述里
形同野兽
金褐色的皮毛

降 E 大调第三交响曲[①]

在暴雨的早晨
我们排着队穿过隧道
允许所有的车灯都去打盹
伴装一首诗里
举白蜡烛的星星

我们已经忘记昨天晚上
静默在音乐厅的样子
提琴的胳膊整齐划一
立在台侧的小号
双手交握

清晨在清晨无意苏醒
夜晚在夜晚变成石像

我们在音乐厅里想着的
在隧道里也还想着
金色和沉默的
画着一样的高音谱号

---

① 《降 E 大调第三交响曲》又名《英雄交响曲》，由贝多芬作于 1804 年。

转 山

没有山的时候，我们在长廊里转
借以消磨干燥的午休时刻

不是所有脚步都无声
有的在妄言　有的在做梦
打开相邻的耳朵
又悄悄关上另一只
语言拥挤时　也接踵摩肩
偶然间时间变形
草地里生出石块
人群忽然陷落
模样相同的人在转折处
遇见　消失

寻不到山的大多数时刻
我们用寻猫来替代
背着伟大的虚构和事先预告的意象
光也会留下长影子
一圈又一圈　日复一日
猫总不愿停留同一个地方

是我们在静止
而猫在遇见
消失

猫不在的时候，我们用长廊替代山
借以消磨干燥的午休时刻

树，叶隙和无事的日子

快乐的时候
词语和句子从不来找我
它们低低地推搡着
教我去做一刻树梢的风
草间的籽，低头的凤尾叶
坐在渔人丢弃的船板上
捡拾贝壳、绒毛与梦

它们叮嘱我，再慢一点
太阳升起后再回到人间
不出多日，你就会忘了
红花一样的日子
缓缓变成一张旧纸
捻一捻，风吹去

在无梦的夜里放羊

与影子围坐

抱膝，坐进灯里
灯火燃烧我
无人对话
影子欲言又止

它要同我说起的河流
不曾经过我。我没有山石
夜晚在褪色中等待明日
仿佛明日就会有办法
新的灯火替代更新的
沙石替代蔚蓝的海绵

灯火两端
我与影子围坐
无人对话
影子欲言又止

被遗忘的人

当第一场热雨浇来时
我只需要成为
少数的云
当第二场热雨浇开时
成为镜子
树的结疤
雾霭色被遗忘的
皱纹花纸
那不如作泥土
粗粝　泪珠子大小
一颗颗——
成为器皿
在泥土里豢养金鱼
豢养迷路的妄想
两头棉白的
兽
它们时常相望着
许下诺言
诺言却是懦弱的
种子

鹅黄的芽衣
紧贴着
成为泥土的我

成为泥土的我
被鞋底带走的那一刻
还在做着皎白的
梦

杂 念

他们在热烈地交谈

而我听见白墙

而我听见台阶　并无一人

而我听见暮春的

芍药盆　正在皲裂

花瓣张弛　一尊泥佛趺坐

他们在热烈地交谈

而我听见词语在咏叹调

焚烧，例如流派　诗眼　纯粹

精神原型　内在的自我

而我又听见一只被割断

耳朵的母猫

从流浪者的悬梯上

跳下

划破画箱

其中一只脱色

掉落克林特的梦境

昼夜对吻的天鹅

他们在热烈地交谈

词语开始攀爬艺术与艺术

之外，面颊生火
他们在热烈地交谈
两个男孩比赛扔弹珠
而我听见
一张空手掌　敲门
洁白的

灯 塔

若海风打湿鼻尖
若鸥鸟从远处来
若人鱼咬碎歌声
若排浪涌来婉转
贝壳长出年轮
红色铃铛结成一串
鱼群丛林般飘荡
像蘑菇一样疯长
阳光曝晒孤单的岩石和
人的影子
十一月，离人推迟归期
有一座灯塔
在海上，或是路的尽头
人的欢愉只是一瞬间

诗人的夜晚

我们互相翻阅词语
词语在翻阅间消融

奉上桂枝与苍兰
面目模糊地握手
传递交换意象的本领

"野猪跑过弄堂
明月辨别相思
悲剧诞生时，
孤独骑上一匹白马"

歌唱从头骨长出来
随后是怀疑，丢弃
剥掉身体的雨衣

夜晚谋划着藏匿夜晚
以漫长的誊写与歌颂
树上的秘密落下来

变作诗人们的脚印

他将词语置于烟头
点燃风平浪静

无 声

雨停下时，自问也停下。你常在落雨的时刻蹲坐窗前。时刻本无言语。是雨珠沿着窗棂说话。雨声越大，窗越沉默。你知言语不过一对鱼的眼珠子，被借由泛白地鼓起作为新鲜挣扎过的证据。雨声越大，白越安静。安静满溢，灵魂就喧哗。说不出口的话是游离的金子。从喉咙游向四肢百骸，向滂沱的血管，向一颗静止的头颅，向红粉而柔软的肺叶。不语带来沸腾。雨停下时，自问也停下。而眼睛会去诉说这一切。永远没个完。

第五辑

失重的短章

春 眠

你是否还记得我们潜入过的
海底——咸腥的床，抵达柔软的宫腔
漫过面孔，思虑和呼吸
是你的柔软脚蹼，长长的像立誓的旗帜
你说春日不多，却有数不尽的安眠
只需要安眠，把秘密埋进旁人怀里，
人间事丢去月亮上。我也是。

睡去时睡去，醒来后醒来。
我醒来，泥土稍有痕迹。

九 月

寄出十二封云
寄件人是山雪
收件人是影子

不是每一封邮件都能抵达

有的比喻成了羊群
或化作鸟雀落进了湖里

独居者的复调

晨时与昏时没有分别
一月与十一月　彳亍与踱步
白夜与交响　爱与重叠
写在同一顶无色无味的巷口
打开单曲循环的按键
你向自己转发了一张黄昏

二手商店

正在售卖：风琴 / 母亲的烟斗 / 风
灯芯绒 / 一本 1986 年的《诗选刊》
失效的地图 / 铜制燕子 / 传说 / 咸

旧物是诗意的纺锤，编织
消亡在交换中消亡。时间
折叠时间。像河流——以宽容
抵达永恒。

你抬起头，一个孩子将要寄卖春天

迷雾时刻

迷雾时刻是纤细的月亮伤口
母猫与幼崽藏身鼠洞
鸡脚槭树长满不会成年的枫叶
一个诚实的人点烟
焦油洞穿更加诚实的叶子
一个洞接着一个
像轮满月
满得像个谎言

最后的陪伴者

如果我被埋葬，人们如何纪念我？
吟诵一些诗歌，修饰照片和悼词
在葬礼那天彼此拍拍肩膀。

我的猫只是留在那间屋子里。
敲打尾巴，舔毛发，晒太阳。
动物的沉默，黝黑漫长。

出　发

两个字
就能写一段旅程
比迁徙多十对骨头
比寻找长半条归途
二手牧马人
装着风雪、心和洋蓟

雾

这半日的人间
可以趁机
听谎言两则
诳语半番

多 云

坐一张掉絮的云的椅子
候着它将深
将旧驰
将浮白雪
哂一口生绵的太阳
吐出咯吱咯吱的
另一张云的椅子

霾

他们在大雪将至前赶到
头颅紧紧贴向大地
谁也没有告诉谁
一路上吞咽的
迷雾、梦魇、异变
与长夜的碎片

头颅紧紧贴向大地
在大雪降至前

　　　　　　　　　　　在无梦的夜里放羊　|

细 雨

在皲裂的日子里
水雾偷来了
无穷尽的
快活
我们以模糊的面目
相逢
略微大声地
说一些关于
美与澎湃的
谎话

小丑面具

猫打翻了墙上的小丑面具
我听见笑声和低浅的交谈
是去年的我在背诵
单薄的月亮　像月亮一样蓬松的
樱树　舞台空旷　空旷的解释
嘴角樱红的油彩尚未褪色，和
他拉着我面向赤红砖墙时一样
影子在书页里折叠了三年
猫始终默不作声　像皱皮的气球

风

黄昏是一忽儿的
沉默是一忽儿的
合掌是一忽儿的
燃烧是一忽儿的
什么都是一忽儿的
你的心里
兜了一副马蹄
从山顶到人间

裸 蝉

等待 CT 结果时
他们注视着打印机
不远不近
像捕蝉的人
注视着树干
不远不近

一只蝉
矩形的声音
它将吐出黑色的
肺叶的翅膀
和时隐时现的液泡
雷同于它本身
预告已知的暴雨
裸露的闷

空　镜

飘浮在绵密的雨中
庞杂。手掌托着你的脸
掌心有诱人的旋涡
你听着爱人的声音
躺下吧，躺下……
会有蔚蓝的海底等待你
落下去，落下……
赤橙黄绿的过去
不过一场旧雨

有关存在的臆想

箱 子

成为一只箱子
需要些什么
斧头，理智与血肉
装一些美梦，裂帛与如果

羊

在每一个丢失的夜晚
去空白的山坡站立
在那些辗转反侧的手臂上
留下梦的编号

龋 齿

上嘴唇和下嘴唇之间
隔着蔚蓝的山洞
难以忘记的事
静悄悄地

腐烂

植　物

打开全部的红叶
去听从早到晚的光辉
河岸守着我们
所有的枯萎都是金子

屋　檐

和秋天的树，斑驳
的猫咪站在一起
瓦片上有
白日

白日梦

背着吉他的男人说
一颗行星在宇宙中
奔跑　奔跑　奔跑
天地间只有它一个

在无梦的夜里放羊

我数羊的时候
羊也在数着我
我瞪着白色的夜
羊挤着另一只羊的屁股
直到领唱人关上
最后一节游吟
我将又一次扮演朝露
它演万物

第六辑

童诗，写给从动物园站出发的孩子

去南方

父亲说从前
我们去南方
都是撑一夜的长篙
用芦草换粮食回来

船落进黑水中
星星落在乌篷上
长篙撩拨着薄冰
像一尾细长的
贫穷又结实的白鱼

黑夜藏起了水路
涟漪告诉长篙
长篙告诉蓑衣人
蓑衣人告诉星星

星星于是搭一路乌篷
骑着白鱼的背脊

信

一根羽毛
寄给无名的旅人
在葱郁的山岭间

上面画满
漫长的穿越云朵的飞行
以及每一株
经过的水杉的香气

旅人将信放进胸膛
和一路收到的
青石头
蜜蜂的吟唱
风铃花
月光和影子们一起

信里写着：
天上蓝莹莹的
潮水正在退去

绿房子

一栋莲蓬里
住得下十一户莲子
我与姐姐住在第十二号
等一位客人

把房子刷成绿色
在屋顶种一树
太阳
借蜻蜓的翅膀
晾晒夏天
水草和鼓噪声

姐姐和我
赶制丝绒的毯子
一边想象着

当拇指姑娘敲门时
那副羽毛做的桨
背在哪个肩膀

假如我会编织

假如我会编织
像妈妈一样
双手翻飞
总是织个不停

编织没有蓝夜的冬天
用粼粼波光、余晖
和夹竹桃的叶子

把云絮在拇指尖
捻成棉线
为落单的候鸟
多织一副翅膀

当噩梦的黑马追赶我
就编织一条长河

蜡笔芯编织的松林间
有可以乘坐的风

编织一个我
在我离家的时候

编织一个妈妈
系在我的扣子上

她只需轻轻
歪一歪耳朵
就可以听见
我心房里
悄悄哼唱的歌

五岁的积木

五岁的豆芽儿
拆下一块积木
她笃定地知道
可以换来很多东西

积木当作钥匙
打开了姥姥
藏着糖块的掌心

糖块当作金币
买下爸爸夜晚的时间
纸飞机飞满整间屋子

纸飞机上画着姐姐
姐姐教她写"豆芽儿"
她画出三粒小豆子

三粒小豆子交给妈妈
豆芽儿获得了鼓励
糖块、纸飞机和

一块新的积木

这是一块
五岁的积木

五岁的时候
积木的世界
有家那么大

数星辰

——纪念离去的伙伴

此刻，
我在海边数星辰
银河里，
白鹊提着灯笼在走

不知那些闪烁的灯笼
哪一盏属于我的伙伴
一只将要十三岁的
白狗

它还在人间时
扮演过膝上的云朵
两簇儿绒花，
结在雪枝上的果子

我们并肩坐着
白日数飞鸟
夜晚数星辰

我问白狗

我们数着星星
那星星数着什么

我的伙伴没有回答
它并不总是看向星星
更多的时候
它看着我

此刻，
我独自数星辰
像我的伙伴一样

我数着星星
它数着灯火

云朵在夜间歌唱

云朵在夜间歌唱
白云的歌声
是清亮的湖水
乌云的低语
环绕沉睡的山谷

伴奏月夜舒朗
唱一段巴萨诺瓦
玫瑰色音符落在枝头
化作入春的鸟雀

疲倦时数一数星子
哼唱晚风谱写的小夜曲
音符落在秋野草间
等待清晨时成为露珠

有时，只是
呢喃呢喃
音符生出洁白翅膀
为守夜人递上一株芬芳

倘若有雨点儿落下
是云朵在夜间歌唱
轻柔的羽毛般的歌谣
落在孩子窗前——
化作松软松软的梦

秘 密

春天藏在

一扇铁门里

铁门上的尖角们

常趁着夜晚

溜出去玩耍

它们彼此耳语：

只要赶在日出前回来

就不会被发现

却有一瓣尖角儿

在露珠的影子间

迷了路

被最后一缕晨光

融化成

草籽

我去每一个

墙头寻找

不知它长作了

哪一片叶子

天上的句子

天上落下许多句子
是云说不完的话

这些姐妹说得急了
句子就扑打潮湿的翅膀
落成碧绿的涟漪

她们聊着往事
句子就收起灰色的翅膀
落作电线杆上的五、六、七只雀

有时是甜蜜的呢喃
句子就生出白色的翅膀
在落羽杉的枝头化成雪花

时常忘记说到哪儿了
就蘸一蘸夕阳的余晖
在砖红色的长街上
画上两个归家的少年

图书在版编目（CIP）数据

在无梦的夜里放羊／清越著． -- 北京：作家出版社，
2025.7．--（21世纪文学之星丛书）．-- ISBN 978 - 7 -
5212 - 3420 - 6

Ⅰ．I227

中国国家版本馆 CIP 数据核字第 20255W9V34 号

在无梦的夜里放羊

作　　者：清　越
责任编辑：李亚梓
特约编辑：赵　蓉
装帧设计：守义盛创·段领君
出版发行：作家出版社有限公司
社　　址：北京农展馆南里10号　　邮　　编：100125
电话传真：86 - 10 - 65067186（发行中心）
　　　　　 86 - 10 - 65004079（总编室）
E - mail: zuojia@zuojia.net.cn
http: // www.zuojiachubanshe.com
印　　刷：唐山玺诚印务有限公司
成品尺寸：142 × 210
字　　数：95 千
印　　张：5.5
版　　次：2025 年 7 月第 1 版
印　　次：2025 年 7 月第 1 次印刷
ISBN　978 - 7 - 5212 - 3420 - 6
定　　价：48.00 元